Prière
de ne pas abuser

Patrick C. Goujon

Prière de ne pas abuser

ÉDITIONS DU SEUIL
57, rue Gaston Tessier, Paris XIXe

ISBN 978-2-02-147237-0

www.seuil.com

À l'équipe Consultation douleur chronique
de l'Hôpital Paris Saint-Joseph

Précaire : *Precarius,* obtenu par prière.
Precari, prier.

J'ai retrouvé la parole alors que j'ignorais en avoir été privé. Enfant, j'ai été abusé par un prêtre pendant plusieurs années. Il m'a été donné un jour de me le dire à moi-même puis de parler. Je n'avais pas imaginé que cela aurait été si bienfaisant. Il m'aurait fallu croire que la honte n'était qu'un fantôme, qu'elle n'était rien en comparaison de la paix à se libérer des entraves. Je ne savais pas que je m'étais tu.

Je ne me souviens pas m'être décidé à me taire : la parole n'est pas venue. Pendant de longues années, j'avais cherché mes mots, par instinct de survie. J'admire poètes et musiciens qui entendent chanter le silence. Ils m'ont ouvert l'oreille. J'avais à sonder le cœur d'une douleur dont je croyais qu'elle était passée. J'ai su heureusement inventer une vie, la recevoir de beaucoup de rencontres et d'émerveillements. Cette vie m'a sauvé. J'ai choisi d'être prêtre catholique, au sein des jésuites. Il y a de cela près de vingt-cinq ans.

Pendant des années, j'ai soupçonné que quelque chose se tenait caché. Mais rien en vue, rien à dire. Jusqu'au jour où j'ai pris soin de mon dos. Ou plutôt, d'autres en ont pris soin pour moi, et m'ont invité à le faire à mon tour, avec douceur. J'ai parlé quand je n'ai plus eu mal. J'avais à porter – j'avais apporté – un lourd secret, emmuré dans mes vertèbres, un cri étouffé avant même d'avoir pu être expulsé. En allégeant mes douleurs, d'autres ont permis que ma parole se forme. Elle a pu s'échapper de là où elle se tenait captive. Par des massages, des exercices et des pressions libératrices, ils avaient fait de leurs mains un levier. Ce qui souffrait dans mon dos est monté jusqu'à mes lèvres. Ma parole s'est extirpée de mes muscles endoloris. Elle m'a fait prendre corps et choisir la liberté. Cela peut se raconter.

C'était à l'automne 2015. J'étais allé en urgence à l'hôpital pour une cervicalgie aiguë. L'examen avait confirmé deux hernies. Elles s'ajoutaient aux trois autres de la région lombaire. Le médecin avait prescrit de fortes quantités d'anti-inflammatoires. Le pharmacien n'avait pas voulu les délivrer sans vérifier par téléphone auprès de lui s'il n'avait pas exagéré le dosage. Le traitement ne fut guère efficace. Les douleurs s'étendirent. Quelques semaines plus tard, je tombai dans la rue. Mon corps refusait d'avancer.

J'allai consulter mon généraliste. Il resta perplexe, pensa à une maladie chronique. Puis il lâcha, comme en marge : « Vous vous êtes anesthésié. Votre corps vous protège, avant la rupture. » Je reçus le coup en plein estomac. C'était exactement cela. Je le savais, sans comprendre de quoi il retournait. Je ne répondis rien, mais je notai ma stupéfaction.

Depuis quelques années, j'annulais des cours, je reportais des rendez-vous. Je craignais les déplacements longs, les changements de lit au cours des voyages. Mes nuits s'écourtaient. Seule la natation apaisait ma peine. Dans les périodes de crise, rien n'y faisait. Je me décourageais. On évoquait des raisons psychosomatiques, mais une fois dit cela, personne ne m'aidait davantage. Mes douleurs étaient reléguées à une imagination hypocondriaque. S'il y avait une souffrance psychique, je ne voyais pas laquelle, car, hormis ces douleurs, j'étais heureux. Mon travail me plaisait. J'étais directeur des licences de philosophie et de théologie au Centre Sèvres, les facultés jésuites de Paris. Je menais des recherches sur l'histoire de mon ordre au sein d'un séminaire à l'École des hautes études en sciences sociales. Je me sentais à ma place dans la vie religieuse. Seule la santé de ma mère me préoccupait. Elle était hospitalisée en soins de longue durée où son état se dégradait.

L'idée que je m'étais anesthésié ne me quitta plus, aussi paradoxale fût-elle, puisque j'avais mal. Je m'étais vrillé sur moi-même, enroulé autour de ma colonne. Mes muscles avaient pris un faux pli. Depuis l'enfance, mon corps me faisait souffrir. Comment peut-on se recroqueviller ainsi dans une carrure de plus d'un mètre quatre-vingt-dix ? J'ai toujours laissé paraître peu de cela. Des lumbagos intenses ramenaient à la surface cette peine obscure. Je ne distinguais rien dans mon histoire qui aurait pu m'aider à m'en sortir. La fréquence des crises ces dernières années m'interrogeait et minait mon moral. J'étais à vif, comme si l'excitation du nerf sciatique m'avait gagné tout entier. Une rage de dents s'étendait pendant des semaines aux membres inférieurs. Cependant, je n'entendais pas ma souffrance là où elle s'exprimait. Je cherchais à la faire taire avec des médicaments. Les douleurs m'avaient insensibilisé… Je me heurtais à un bloc qui rendait un son sourd, comme des coups sur une pierre mate.

Je fus adressé à un rhumatologue à l'hôpital. Il voulut explorer tous azimuts mon état de santé. Il me demanda depuis quand j'avais mal. Hernies dorsales et lombalgies revenaient à la charge depuis près de trente ans. Des nœuds s'étaient incrustés dans mes muscles. Le rhumatologue s'écarta de son ordinateur sur lequel il prenait des notes. Avant de m'ausculter, il m'écouta. Il me permit d'entrer dans mon histoire. *Auscultare*, écouter. Je pouvais parler.

Je racontai le mal de dos supporté depuis l'enfance. J'avais éprouvé des douleurs jusque dans l'aine. J'en avais averti mes parents et le médecin de la famille. Ce n'était pas une appendicite. Ce n'était rien. Cette douleur pourtant m'avait inquiété. Les années avaient passé. J'étais devenu quelqu'un qui a mal au dos. Je m'étais entouré de barrières contre les jeux et les sports de l'enfance. J'avais mal. J'avais peur de me faire mal. J'avais peur.

À mes vingt ans, on avait recherché une maladie rhumatismale liée à un psoriasis, mais les analyses n'avaient rien donné. Autour de mes trente ans, on avait fini par identifier des hernies. Les douleurs étaient disproportionnées, les symptômes ne coïncidaient pas avec les causes. J'avais épuisé la gamme des anti-inflammatoires. Une année, un médecin avait préconisé un anti-épileptique. On venait de me prescrire des opioïdes. Ils m'assommaient. Je n'avais pas eu envie de poursuivre.

« Trente ans d'anti-inflammatoires, on arrête. Vous permettez que je prenne soin de vous ? Je vais vous orienter vers notre centre anti-douleur. Nous essaierons l'auriculothérapie et l'hypnose. » Pour une fois, je n'avais pas eu à convaincre des bienfaits de l'ostéopathie et de l'acupuncture qui déjà me réussissaient. Je sortais confiant, surpris que des médecines alternatives soient recommandées.

Quelques semaines plus tard, j'allai pourtant à mon premier entretien au Centre anti-douleur avec quelques hésitations. Je m'étais mis à penser que j'occupais la place d'un patient qui aurait vraiment eu besoin de ce type de soins. Je me demandais si je n'exagérais pas mes douleurs et me disais que, après tout, elles n'étaient pas si graves. Je reconnus cette ritournelle par laquelle je tentais de minimiser le mal. Le souvenir de l'ampleur des dernières crises me signifia que je me trompais.

Je fus reçu par une médecin, souriante et vive, à qui je racontai que j'avais failli annuler le rendez-vous. Je confondais douleur aiguë et douleur chronique, me précisa-t-elle. Avec humour elle ajouta que, si j'avais été orienté là, ce n'était pas parce que le service manquait de travail. Cela mit fin à mes scrupules.

Les premières séances d'auriculothérapie eurent raison de l'inflammation massive. J'en fus impressionné. Pendant plusieurs mois, j'ai rencontré les membres de l'équipe. J'appris l'usage de différentes techniques. J'anticipais la douleur ; je la traitais. Je me soignais. L'expression semble anodine. Je découvrais la part qui me revenait. Le soin faisait de moi un sujet et non pas un patient.

L'hôpital se trouvait à moins de vingt minutes de ma communauté. Je m'y rendais à pied, plusieurs fois par semaine. Loin de nuire à mon travail, ces pauses me faisaient respirer. Les salles d'attente me permirent d'avancer plus que jamais dans mes lectures pour préparer mes cours.

Je n'avais plus mal. Je n'avais jamais connu cela. Demeurait toutefois l'étonnement des spécialistes consultés. Les taux d'inflammation restaient sans cause. On s'abstiendrait, pour le moment, d'examens plus invasifs. J'étais heureux, comme on l'est à goûter l'air léger après une forte pluie. Les douleurs avaient cessé de brouiller mon regard, de dresser leur écran entre le monde et moi. Je pensais m'en tirer ainsi.

Au printemps suivant, je partis à Rome pour quelques jours de travail. J'en profitai pour visiter un musée, une église, ou simplement déambuler. L'établi d'un luthier débordait de son échoppe sur la rue. Il m'était apparu sous un voile de lumière tout droit sortie de la Rome baroque. Je m'étais vu dans les ombres caravagesques et leur vérité crue.

Un matin, je décidai de me mettre en route pour la basilique Saint-Pierre. J'avais réservé une place pour visiter les fouilles de la nécropole où l'on situe la tombe de l'apôtre. Je traversai la ville à l'aube par ses ruelles étroites. Je pris un expresso au hasard d'un café, puis j'arrivai au pied de l'avenue qui mène au Vatican. Je ne suis pas très porté sur les dévotions, mais j'avais éprouvé comme une nécessité de m'y rendre. Un stand attendait les pèlerins où étaient distribués des feuillets qui proposaient un psaume. C'était la prière de ceux qui s'en reviennent d'exil et se réjouissent d'apercevoir au retour les remparts de la ville.

Alors que j'en prononçais les premiers mots, j'entendis : « Prends soin de toi. » Ce n'était plus le médecin de l'hôpital qui s'adressait à moi, ni même le souvenir de ses propos. Ces paroles résonnaient avec la force d'une présence. Elles m'invitaient à la douceur envers moi-même.

Je me rendis à Saint-Pierre pour la visite des fouilles. L'emplacement des tombes était certain ; l'identité du saint, vraisemblable. J'aperçus la sépulture qui gardait caché le nom de celui qu'elle abrite. Aucune preuve ne prend la place de la foi. Je me sentis accueilli par ce silence dans lequel chacun est libre d'avancer. Plus tard, un capucin entendit ma confession dans la basilique encore peu fréquentée. Il me réconforta de la peine que j'avais à supporter les misères de ma mère.

Méditant le soir dans ma chambre, je repensais aux paroles entendues le matin. Elles me paraissaient conduire vers un plus grand mystère que la tombe de saint Pierre. Je passais ces quelques jours à Rome comme dans un havre de paix, propice au recueillement. J'étais loin de soupçonner le pouvoir à venir de ces simples mots : « Prends soin de toi. »

Quelques mois plus tard, à l'automne, je revenais d'une visite à ma mère. Comme à mon habitude, après deux journées à l'hôpital, je m'apprêtais à traverser Paris à pied depuis la gare de l'Est pour rejoindre ma communauté.

L'heure et demie de marche me permettait de respirer et de retrouver l'ordinaire. Arpenter les rues me remettait le cœur à l'endroit. Je variais mes itinéraires dans les vieux quartiers de la capitale. Ce calme et cette liberté me reposaient. Les soirs pluvieux étaient doux. J'allais beaucoup mieux et ne souffrais pour ainsi dire plus de mon dos. En moins d'une année, les crises avaient disparu, et je n'avais plus besoin d'aucun médicament. Ma vie s'était allégée. Mes collègues et mes compagnons de communauté me l'avaient fait remarquer.

Ce soir-là, je notai ce point qui me restait, logé dans le bas du dos. Certaines douleurs réapparaissaient si j'étais tendu. Le lendemain m'attendait une réunion que je redoutais.

J'avais le sentiment qu'on refusait de voir le problème provoqué par un des enseignants. Constater que l'on ne remédiait pas à cette injustice me jetait parfois dans des colères disproportionnées. L'impunité l'emportait. Ce déni m'accablait.

Je m'entendis prononcer ce mot : « déni ». À ce moment-là, dans la rue, à deux pas de la gare de l'Est, le soir s'illumina. J'étais moi-même dans le déni. « Patrick, tu sais bien ce qui t'est arrivé. » En moins de temps qu'il n'en faut pour le dire, ce mal me revint en mémoire d'un coup. Mais, rapatriés dans mon histoire, mon corps et mon esprit ne faisaient plus qu'un.

Jusqu'à mon domicile, je marchais sans peine, comme en apesanteur. J'éprouvais de la joie. De la joie, oui, aussi incroyable que cela puisse paraître ! J'avais identifié le mal : mon corps, que j'avais tenu pour responsable des douleurs, n'était pas coupable de m'empoisonner la vie. Je lui avais administré des drogues pour le museler. Je l'avais traité en objet à redresser par toute sorte d'orthopédie pour le faire taire. L'étymologie est éloquente : ce qui rend droit (*ortho*) l'enfant (*paidos*). Cette médecine-là ne suffisait pas. Il fallait plutôt conduire l'enfant à la parole, le laisser sortir de ce qui ne parle pas (*infans*), l'autoriser à appeler au secours.

« Vous permettez que je prenne soin de vous ? » avait demandé le rhumatologue. Je suis entré par la porte qu'il avait entrouverte. Quelque chose a fini ce jour-là. La mort m'a quitté. La suite fut une épreuve.

Déni. J'avais confondu ces deux syllabes avec celles de l'oubli. Le déni n'oublie pas, il conserve. La souffrance ne disparaît pas ; elle n'a pas où aller. Elle se tapit ; elle se terre. Le déni travaille : il fait grincer le corps entier. Le déni comprime. Il atomise la douleur. Elle s'éparpille dans le corps et l'esprit. Elle se loge là où apparaît une faiblesse : des maux de dos, des craintes infantiles, un manque de liberté.

Lors de l'agression, l'émotion trop violente est interceptée. Au moment où elle heurte, elle est aussitôt soustraite, sans qu'elle ait eu le temps d'être sentie. C'est l'œuvre de quelque puissance de la psyché qui fait écran. Mais la victime n'en est pas quitte pour autant. C'est là son piège : ce qui la protège sur le coup fait surgir ce qui la mettra à la peine, pendant vingt, trente, quarante ans. La victime ne pourra en soupçonner l'origine : elle a été dissimulée afin que l'enfant puisse grandir.

Le déni éclate la mémoire et la pulvérise. La blessure se disloque dans des séquences impossibles à remonter, des images qu'aucune histoire n'articule. Les événements traumatiques finissent par s'évanouir parce que aucun désir de les voir revenir ne les porte. À l'adolescence, je les avais enterrés sans même m'en rendre compte. Chacun préfère ne pas s'attarder sur ce qui fait mal.

Pourtant l'agression demeure. Un rien la réveille. J'étais devenu réactif à l'excès, comme on le dit de matières chimiques. Certaines heures me plongeaient dans un théâtre d'ombres : deux doigts levés figuraient un loup féroce. Rien n'était apparu en cauchemar. Mais voilà, parfois, l'agression se glisse à la surface, masquée. Elle brouille l'âme. Je hais les couloirs la nuit. Un soir, à l'âge de quarante ans passés, il m'a fallu prendre mon courage à deux mains et me retourner pour de bon. Personne ne me suivait !

Le déni drape le monstre en un revenant méconnaissable. Il voile ce qui sans lui ferait horreur. L'effroi pourrait détruire. Le déni protège parce qu'il écarte. Mais son soutien est provisoire, car il endommage. Si salutaire qu'il soit, il ne peut faire oublier qu'il plonge ses racines dans la violence d'un crime qui défigure la tendresse et confond l'amour avec l'abus.

Arrivé de la gare de l'Est dans ma communauté, la porte de ma chambre refermée, je me suis demandé si je n'avais pas affabulé. Je fus terrifié à l'idée que ce souvenir revenu d'un coup aurait pu ne pas être vrai. Avais-je été oui ou non une victime ? Pendant plus de six mois, je ne sus que faire ni que penser. Était-ce vrai ?

Oui. Je le savais. La reconnaissance avait été nette, la libération éprouvée trop intense et durable pour ne pas en être assuré. Mais la force du déni m'apparut incroyable. Ma raison vacillait. Comment un tel trou pouvait-il se creuser dans la conscience ? Et comment ne pas avoir remarqué cette béance ? Si j'avais été à ce point aveugle, que me restait-il à découvrir dont je ne soupçonnais pas l'existence ? Je craignais d'entrevoir en mon âme des bêtes sauvages à la lisière d'une forêt que d'ordinaire la nuit aurait dissimulées. Les questions, les unes après les autres, m'enchaînaient. Comment et pourquoi avoir disséminé ces agressions dans ma mémoire ? Qui avait fait cela, puisque je ne me souvenais pas d'avoir décidé cet oubli ? Je frémissais devant ce travail souterrain qui m'échappait.

Pendant de longs mois, la honte d'avoir été souillé me colla à la peau. Un prêtre, pendant près de trois ans, s'était masturbé contre moi. La culpabilité ne tarda pas à venir. Je n'ai rien dit, qu'avais-je donc à dissimuler ? En avais-je éprouvé du plaisir ? Qu'avais-je senti, enfant ? Cette pensée me hantait. En moi, un mur avait été dressé : tu n'auras pas accès à cette scène-là. Tu ne retourneras pas à ce qui t'a détruit.

Je réfléchissais à tout cela confusément. Ces pensées emmêlaient mes nuits. Elles encombraient les jours en bruit d'arrière-fond. Je pris le temps de les noter. Ma vie quotidienne était devenue étrange. J'occupais mes fonctions de directeur des études. Je commençais la rédaction d'un nouvel ouvrage sur l'histoire de la conversation spirituelle. Le travail m'ordonnait. L'activité m'empêchait de m'effondrer. Je me levais tôt pour disposer de moments calmes pour écrire. Je passais mes journées au Centre Sèvres, comme si de rien n'était. La convivialité des rapports avec mes collègues était un soutien. Je n'avais pas toujours la patience que j'aurais aimé offrir à ceux qui venaient m'exposer leurs problèmes.

La dégradation de la santé de ma mère accroissait mon inquiétude. Seule dans un service de soins de longue durée, où les crises graves n'ont pas manqué, elle attendait mon petit coup de fil quotidien. J'étais heureux de l'entendre, mais souvent désemparé devant ce qu'elle décrivait, sans emphase, comme son calvaire. Il fallait lutter pour ne pas m'engloutir dans sa souffrance. Nous la portions avec mon frère et sa famille. Je redoublais d'attention à me préserver des temps de solitude, si nécessaires à chacun, si rares à trouver, même dans une vie religieuse. Le soir venu, une fois le repas partagé en communauté, et la prière chantée ensemble à la chapelle, je me retrouvais pris au milieu du champ de bataille. Souvent, pour retarder le combat, mais aussi pour m'accorder un peu de répit, je visionnais un film, seul ou avec quelques compagnons. Il fallait un sas avant de me coucher. Le silence, la méditation et quelques lectures fortes m'ont aidé. J'étais fatigué.

La vérité venue dans un moment d'illumination avait dispersé mon identité telle que je l'avais conçue. Elle avait explosé le récit fabuleux de mon enfance, où se mêlaient d'heureux et vrais moments. Je me retrouvais face à un miroir brisé avec au centre un éclat dont je ne savais que faire. Ses angles coupants portaient ma chair au sang. Il m'a semblé pendant de longs mois que je ne parviendrais pas à rassembler les morceaux. Chaque jour apportait sa nouvelle compréhension d'un trait de ma personnalité. Je n'avais pas idée de la figure que ce puzzle représentait. Je ne disposais pas de modèle et cet éparpillement n'avait rien d'un jeu. Mon histoire me mettait à nu devant mes propres yeux. Et j'étais laid. Il m'était difficile d'accepter ce que cette révélation avait ouvert. J'ai dû apprendre à accueillir avec douceur l'indésirable.

De tout cela, je ne parlais à personne. J'élaborais des scénarios intérieurs pour trouver discrètement des confirmations. Avais-je été la seule victime ? L'agresseur était-il connu pour des faits similaires, ailleurs, à d'autres périodes ? Je m'embrouillais dans cette pseudo-enquête que je menais sans pouvoir me faire aider. Je tenais tous les rôles, inspecteur, témoin, procureur. Cela ne conduisait à rien. Comment pouvais-je établir ces faits ? Pourquoi en parler, et à qui ? Fallait-il porter plainte ? Mais comment ne pas être diffamatoire ? À qui dévoiler le nom de ce prêtre sans éveiller de soupçons ? Serait-ce faire un scandale ? Que dirait-on dans mon entourage ecclésial ? Les esprits, en 2016, étaient encore loin d'être prêts, et certains n'ont toujours rien compris à la nécessité d'aider les victimes et de poursuivre les coupables. On allait se méprendre sur le sens de mon action, et je n'avais pas besoin d'avoir à supporter les conséquences d'un malentendu. Je ne voulais pas non plus me retrouver enfermé dans un rôle de victime. Les idées n'en finissaient pas de se bousculer. Leur agitation m'empêchait d'agir, de me décider. Cela m'a sans doute épargné les pas précipités à un moment où j'étais devenu bien fragile.

J'ai dû d'abord apprendre à croire cette incroyable crudité de l'agression pour oser l'énoncer sans détour. Il m'a fallu lutter contre ma propre incrédulité. Je n'avais d'assurance que la joie paradoxale de ce soir où m'était revenue mon histoire.

Mille pensées continuaient à tourner dans ma tête. Elles m'épuisaient. Cela faisait déjà près de six mois que je vivais dans ce tourment dont j'essayais de ne rien montrer à personne. Je m'étais risqué à le partager à l'un ou l'autre confrère, en vain. J'étais à la peine. L'écheveau des interrogations ne cessait de s'enrouler autour de moi. Un dimanche matin – le jour de Pâques, je m'en souviens – dans la sacristie de la chapelle du vieil hôpital où ma mère résidait, je posai la plus simple des questions à un prêtre de Verdun.

– As-tu des nouvelles de l'abbé N* ?

– Ah, ce salaud ? Dire que, toute ma vie, je me suis occupé de prêtres pédophiles. Déjà dans les années 50, l'évêque m'en avait envoyé un pour que je l'héberge avant qu'il soit transféré dans une maison dans le centre de la France…

Je n'avais pas déliré. Ce prêtre était connu pour ses agressions. J'étais donc dans le vrai. Je pouvais me tenir debout sur mes pieds, vivant. J'irais retrouver ma mère l'après-midi à l'hôpital avec des madeleines que je lui avais confectionnées.

Je pris la décision d'écrire à l'évêque de Verdun pour lui signaler ce prêtre pédophile dans son diocèse. Ce ne fut pas sans hésitation. Bien qu'un jésuite de confiance m'eût recommandé de ne pas remuer tout cela, je sentis fort, au contraire, qu'il me fallait parler. Le travail régulier, depuis ce jour de Pâques, avec une psychologue, me portait secours. J'ai trouvé à me décider dans un espace de silence, accablé sans être abattu.

Un soir, pendant ma prière, je me résolus à écrire pour faire connaître à l'évêque les faits et l'identité du prêtre qui m'avait agressé. Je dormis mieux qu'à l'accoutumée. Je me levai tôt pour rédiger cette lettre au calme du matin. Dans ma chambre, quelques pas seulement séparent le lit de ma table de travail. Je m'apprêtai à aller m'asseoir, mais le cœur n'y était pas. Revenaient à l'esprit les objections. Pourquoi écrire ? À quoi bon remuer tout cela ? J'éprouvais surtout mon manque de liberté.

Subitement, je fus empoigné à l'épaule et emporté pour m'installer à mon bureau. Je ne pouvais pas me trahir. « Je crois et je parlerai, moi qui ai beaucoup souffert. » Ce psaume me revint au moment où j'allais me dérober. J'ouvris mon ordinateur. La suite fut un combat contre le chaos.

Au bout de quelques phrases d'introduction, j'étais comme enseveli dans la langue, dans un magma inexpressif où je perdais mon français. Plus rien ne tenait. Il me fallut me hisser sur mes mains, la tête hors de la lave. Je n'avais jamais fourni un tel effort physique. Je m'entendis hurler de même qu'on lancerait d'ultimes consignes à celui qui se noie dans le vacarme des eaux qui l'avalent : « sujet-verbe-complément ». Je me suis accroché à cela et, comme des lames de rasoir que je me serais arrachées des entrailles, je suis allé chercher les mots les plus ordinaires pour dire, écrire – j'avais le sentiment de tailler du marbre dur.

Je racontai à l'évêque ce qui m'était arrivé. Quelques phrases suffirent : je ne pus davantage. Je crus devoir préciser que, longtemps, je ne m'étais souvenu de rien, même si, à l'adolescence, j'avais compris ce qui m'était arrivé. En deux mots, j'exprimais la libération qu'avait été la reconnaissance de ces agressions répétées.

Je buttais sur le nom de ce prêtre que je ne parvenais pas à faire précéder de son titre,

« monsieur l'abbé ». Je n'ai jamais su non plus prononcer son nom de famille. Je me perds dans les voyelles et les consonnes mouillées. Pourquoi m'échappait-il ? Même en l'ayant lu depuis, j'en vérifie l'orthographe quand je dois en décliner l'identité. Dans mon oreille d'enfant, ce son glisse, il poisse. C'est ainsi. Ça suffit. Je n'ai pas envie de le retenir. Je ne le veux pas davantage accroché à moi.

Je n'étais pas tout à fait tranquille ni assuré qu'on me réponde. J'ai cacheté la lettre, envoyé un double à l'évêque responsable de la cellule de lutte contre les abus en France. Ce dernier m'a appelé le surlendemain. L'évêque de Verdun m'a reçu quant à lui dans le courant du mois suivant. J'avais été entendu. Il avait déjà signalé mon cas au procureur. « Allez jusqu'au bout, je vous soutiens. » L'évêque m'encourageait.

J'écrivis au procureur sans plus d'atermoiement. La lettre fut plus simple à rédiger. Je m'étais renseigné, grâce au site du ministère de la Justice, sur le type de plainte à déposer, l'une, contre ce prêtre, en le nommant pour abus sexuels sur mineurs, et l'autre, contre X, pour non-dénonciation. Me tromper sur la démarche à entreprendre m'aurait trop coûté. Je devais porter au premier coup pour ne pas avoir à recommencer. Je m'efforçais de comprendre précisément la procédure judiciaire. Un magistrat, plus tard, me confirma que j'avais fait ce qu'il fallait.

Tout cela m'épuisait. Je vivais pourtant dès lors heureux et affermi. Ce fut le temps d'accompagner en famille ma mère dans ses derniers mois.

Ma prière alors se transforma. Je retrouvais le goût de ce temps au seuil de la nuit dans la chapelle de la communauté. Au pied du crucifix médiéval qui m'était familier, je me tenais à distance, attendant que le Christ passe dans le silence, comme il lui plairait. Je me déposais. Je prenais appui dans le souffle qu'a cultivé en moi le chant. S'asseoir aide et dispose. La prière gît à ras le sol. Elle monte des entrailles. Le corps a besoin de découvrir comment l'âme peut trouver ce qu'elle cherche.

Un verset du livre d'Isaïe me retenait. « Le loup habitera avec l'agneau, le léopard se couchera près du chevreau, le veau et le lionceau seront nourris ensemble, un enfant les conduira. » Je vis cet enfant, apaisé, heureux et serein ; il réconciliait les bêtes sauvages et leurs proies. Douceur et férocité réunies. Je décidai de le suivre pour le laisser accomplir son travail.

Pendant les semaines qui précédèrent ce curieux Noël, j'allais chaque nuit le retrouver.

J'étais cet enfant. Je me découvris porté par lui. J'ai pris l'enfant que j'étais sur mes genoux pour qu'il se repose et qu'il me guide. L'Enfant me portait. J'étais confirmé dans la joie à dire vrai, dans une économie de mots et de silence.

Quelques semaines plus tard, le téléphone sonna. C'était un officier de police. Mon dossier lui avait été transmis par le procureur de la République. J'attendais cela, mais n'en croyais pas mes oreilles. Je craignais d'être vu comme un coupable. Mes peurs m'avaient rendu déraisonnable à mon insu.

Les questions furent précises, posées avec respect. Puis il me demanda :

– Pouvez-vous venir pour le dépôt de la plainte ?

– Je viens régulièrement auprès de ma mère dont les semaines sont comptées.

– Dans ce cas, je vais voir avec le procureur si on peut vous recevoir au commissariat de votre domicile. Inutile de vous charger encore de cela lors de vos visites.

Après avoir raccroché le téléphone, assis dans mon fauteuil, je fus submergé. Aspiré violemment dans un abîme, puis, juste à temps, avant d'être englouti, expulsé. Le cri m'a jeté hors du gouffre dans lequel d'un coup je venais d'être précipité. À cet instant précis, à l'âge de quarante-huit ans, j'avais rejoint le temps de mon enfance. J'ai hurlé ce qui avait été pétrifié. J'ai entendu enfin ce cri si longtemps ossifié ! Le vociférer me renvoyait d'un coup à la vie. Vociférer : offrir par la voix, toutefois on devine aussi la rouille du cri, son fer usé. Je me suis effondré.

Mais aussitôt, sans faire de bruit, l'enfant que j'avais été est venu me consoler. Blotti contre moi, il m'a remercié d'avoir osé emprunter ce chemin. Un souffle puissant m'avait porté. Il me fit naître une seconde fois.

J'ai décidé d'agir. Je porterai plainte. Par la procédure, le plaignant remet les choses à leur place. Le terme de délit, qui fait partie du vocabulaire judiciaire, lui permet de qualifier les abus qu'il a subis autrement que par le trauma qui l'accable. Le droit décale son point de vue. Jusqu'ici, je n'avais pas reconnu la gravité des agressions. Dans l'énoncé abstrait que donne le Code pénal, le plaignant découvre enfin qu'il n'est pas seul à refuser ce qui lui fut imposé. La loi l'interdit. « Constitue une agression sexuelle toute atteinte commise avec violence, contrainte, menace ou surprise. » L'interdit autorise le plaignant. Il peut dénoncer. Mon mal-être est un mal dont la société dit la gravité dans la loi. En retour, je peux reconnaître la vérité de ma souffrance sans m'enfermer dans le rôle de celui qui geint : ah ! personne ne pourra me consoler, jamais ! « Toujours un peu de faste entre parmi les pleurs », se moquait La Fontaine.

Je ne voulais pas me plaindre, m'apitoyer. Je vivais. J'étais consolé dans la rudesse d'une situation qui me laissait désemparé. La joie qui m'avait porté en m'arrachant au déni ne pouvait trouver d'issue dans la plainte. Il m'a fallu pourtant me dépêtrer de ce mot. Porter plainte m'a permis de ne pas revenir à l'enfant enfermé dans le silence. J'ai osé risquer une parole précaire. Ma mémoire des événements était partielle, défaillante. Je ne peux pas dire s'il y avait eu des témoins, d'autres victimes. Je ne détiens pas seul la vérité sur ce qui m'est arrivé. Ce qui est vrai : j'ai été agressé, je sais par qui. J'en porte la blessure. J'en ai longtemps souffert. Mais le souvenir de ces événements est troué. Pour vivre, il faut pouvoir oublier. La victime paie le trouble de sa mémoire. Son témoignage en est affaibli. Sa parole si durement acquise est douteuse. Ne pas laisser l'incertitude saper la détermination à dire, c'est à la fois oser dénoncer le crime et l'identité de son auteur, et reconnaître qu'on ne sait pas le tout de l'affaire. J'ai décidé d'en parler.

Déposer plainte au commissariat de mon domicile me mit à l'épreuve. Il fallut reprendre les faits avec précision, si j'avais vu son sexe ou non, s'il avait saisi le mien. Je dus nommer des témoins, d'autres prêtres qui auraient pu être au courant, ceux présents à cette époque dans la paroisse. L'un d'eux ne compta pas pour rien dans l'éveil de ma vocation. Des larmes sont montées à mes yeux. Ces questions, je ne les avais pas encore affrontées. Ce n'était plus des pleurs accablés, mais l'émotion de ce souvenir, neuf, venu de l'enfance. J'appréciai le tact de la jeune femme, gardien de la paix – quel beau nom ! Ce fut un réconfort. Je l'en remerciai. La vérité requiert ce dépouillement supplémentaire du plaignant. Par la déposition dans un bureau de police, il se détache des affects de la plainte pour entrer dans la narration. Ainsi, je sortais de moi, une nouvelle fois. Cette procédure, froide, offre la distance, difficile, mais bénéfique. On peut pleurer, mais ce n'est plus l'heure des sanglots. Retenir sa douleur cette fois n'est plus la nier, c'est la déplacer pour pouvoir parler.

Je n'étais plus seul sur ce chemin. J'espérais de la justice qu'elle m'aide. J'armais cependant ainsi un ressort dont la tension allait me faire mal à son tour. J'attendis un an et demi la décision du procureur.

Après avoir dénoncé ces abus, je pensais que j'en aurais fini avec cette histoire. J'avais cru pouvoir la ranger, lui trouver une place. Il m'était pourtant impossible de compter sans elle. J'ai compris un jour que j'étais sur le qui-vive en permanence, ou presque.

Je ne m'assois jamais le dos tourné à une porte ouverte. Je crains l'effraction. Personne n'avait frappé à ma porte. La femme du Cantique des Cantiques le dit : « Je me lève moi-même pour ouvrir à mon bien-aimé. » Ne pas m'être levé pour ouvrir la porte m'a livré à la paralysie. J'avais eu peur, enfant, de ne plus pouvoir marcher. Et j'en avais connu des symptômes, vite disparus. Au cours d'une grippe, à l'âge de ces agressions, je n'eus plus la force de me porter. Mes jambes se dérobaient. Le médecin de famille avait évoqué le syndrome de Guillain-Barré (ce nom m'avait frappé, je m'en suis toujours souvenu). Il avait rapidement écarté ce diagnostic après quelques tests, mais la hantise avait duré toute mon enfance. Je me demande aujourd'hui si mon corps n'avait pas tenté de ruser pour attirer l'attention.

L'enfant ne ferme pas la porte à qui vient le câliner. C'est en cela qu'il est abusé. De ce verbe, le dictionnaire dans son laconisme exprime tout : « Abuser d'une personne : la posséder quand elle n'est pas en situation de refuser. » La suite fait frémir : « User jusqu'à la disparition de l'objet. »

Je suis en alerte ; je vois venir. Je sens le manipulateur à la ronde. Il veut avoir accès à vous sans vous. Il entre. Il se sert. Il prend parce qu'il ne cherche que sa seule jouissance. Et moi, je me replie ; je me cache en moi-même. Que ça ne recommence pas ! Ce « qui-vive » épuise, mais j'entends le pas suivant : « Qu'il vive ! » La détente vient, lentement, en allant de l'avant.

Ma parole s'était libérée, mais j'éprouvais de fortes tensions. J'entrais dans une vie nouvelle, pourtant, elle ne ressemblait pas à ce que j'avais imaginé. Mon corps avait gardé la trace de ce que mes souvenirs n'avaient pas conservé.

Cela n'avait pas été douloureux. Cela aurait pu rappeler les câlins de mes proches. Il me repoussait d'une main aussi brutale qu'avait été rapide celle qui m'avait attrapé.

Mon corps s'en était trouvé tordu et replié autour d'une verticale. Le diaphragme s'était écrasé, le plexus comprimé. Pour protéger le centre, les périphéries s'étaient agglutinées. Je m'étais retrouvé en état de choc. L'angoisse ne m'avait plus quitté.

Peau à vif, desquamée. Surpoids. Muscles contractés jusqu'à se déchirer. Inflammation. Thrombose. Os tassés. Pincements de disques. Hernies. Longtemps pour m'endormir, il a fallu que je me cache sous les couvertures, des bouchons dans les oreilles. N'entendre aucun bruit. Des pas : qui m'en voulait ? Une lumière : qui s'approchait ? J'ai connu le stress, l'insomnie. C'était une colère que je ne parvenais pas à reconnaître. Elle était sans visage.

Et maintenant, hypertension, maux d'estomac... toujours sans aucune maladie. Des symptômes d'hyper-émotivité, répètent les médecins. Ils pourraient nuire à votre santé dans les décennies qui viennent. Je consacre pourtant du temps à prendre soin de moi. Il me faut sans cesse m'étirer. Cent fois à remettre sur le métier l'ouvrage de me détendre. Le matin, le midi, le soir. Et cela se referme, se replie. Corps retors.

Je ne pense pas avoir souffert de cela il y a quarante ans, vingt ans. Cette usure est apparue ces dernières années. Je cite de nouveau le dictionnaire ? Il est précieux : il témoigne du caractère commun de ce qui m'arrive. Séquelles : « Suites, complications plus ou moins tardives et durables d'une maladie, d'un accident. » Ceux qui ne comprennent pas pourquoi les victimes se déclarent si longtemps après leurs « prétendues » agressions entendront-ils la voix blanche du lexique ? Comme ces pierres qui remontent des champs, ou, comme à Verdun, ces obus qui reviennent à la surface et menacent d'exploser au visage de qui les manipule sans précaution. Prendre la parole m'a retiré de ce champ de mines.

Enfant, j'avais connu divers symptômes. Ils ne faisaient pas signe : on ne les avait pas rapprochés les uns des autres. Mon corps s'était exprimé, mais je n'avais pas parlé. Les insomnies de l'adolescence ou les tremblements qui me réveillaient n'avaient évoqué au médecin aucun traumatisme. L'heure n'était pas à ce genre de diagnostic. J'avais appris à vivre ainsi. J'avais fait de mes angoisses sans image la peinture ordinaire de mes nuits avares de rêves. Le jour, je dépassais mes peurs, timidement d'abord. Je pris de l'assurance, et je vis que cela était bon. On s'est mépris sur mon tempérament. Je n'ai pas eu d'autre choix que de me faire confiance alors même que cela m'était impossible. J'ai découvert que je pouvais franchir des gués parce que la liberté m'y appelait et que, encouragé, je m'y étais risqué.

Je me dis que j'ai de la chance. L'une de mes proches, si chère, est morte d'avoir été la victime de son père.

Je me suis attaché à suivre mon dossier judiciaire. La justice me délivrerait du mal. Je la chargeais d'un espoir qui n'est pas le sien.

J'attendais la vérité dont je ne disposais pas. J'aurais aimé entendre les faits, les lire dans un rapport d'enquête. J'en avais assez d'être seul avec mes souvenirs, mes peurs, mes impressions, mes déductions. Le droit s'énonce sans affect pour que le juste puisse être dit sans se laisser prendre par le scandale, l'horreur ou la colère qui saisissent. La victime n'a pas besoin, à ce moment-là, de l'émotion des autres. Elle veut pouvoir se reconnaître dans des faits qualifiés : agression, délit, ou crime.

Le temps m'a pesé. Je me suis dépouillé de l'illusion que la justice me débarrasserait de ma peur. Peut-être m'étais-je imaginé que je verrais enfin la scène. Que, interrogé, l'agresseur esquisserait un repentir qui me serait communiqué. Que le diocèse, par l'une ou l'autre voie, présenterait des excuses, admettrait la gravité de ses erreurs. Qu'une réparation viendrait (laquelle, je n'en ai aucune idée).

Ma situation n'en finissait pas d'être à la fois obscure et claire. Je savais ce qui m'était arrivé. J'avais eu le pressentiment, une dizaine d'années après mon agression, qu'on avait relégué ce prêtre dans le secrétariat de l'évêché. Quand je le rencontrais, adolescent, j'avais l'impression, les rares fois où j'ai croisé son regard, qu'il suivait un traitement. Il avait l'air hébété. Il marchait avec l'hésitation de ceux que des neurolcptiques entravent. Avait-on pris des mesures ? Où avait-il été envoyé par la suite, car on ne le voyait plus dans Verdun ? N'étaient-ce que des histoires que je m'étais racontées et qui me revenaient maintenant ? La justice mettrait en ordre ce qui s'agitait en moi. Elle ferait la part entre ce qui m'était arrivé, ce que j'avais deviné et ce que sans doute je reconstruisais pour tenir.

Que connaissait-on du coupable ? (L'évêque me l'a dit : « Des prêtres présents de cette époque, tous le savent. » C'est donc un récidiviste, puisque je n'avais pas parlé. Cela, c'est ce que je comprenais, ce que je déduisais de ce qu'on me rapportait.) J'aurais aimé non pas des preuves de ce qui a été – c'est loin, les témoignages ont disparu, sont lacunaires – mais un état des lieux.

Je voulais être informé. Dans ce qui me revenait par vagues, me troublait, et se calmait parfois, introduire la neutralité d'un constat : voilà ce que l'enquête permet de dire près de quarante ans plus tard. Cela peut paraître étrange : des assurances factuelles auraient apaisé la brûlure de ne pas savoir ce qui exactement m'était arrivé.

La loi a tranché : « En considération de la date des faits présumés, du délai de vingt ans s'enclenchant à votre majorité et de la date de votre plainte, le délai est donc expiré. » Je ne reçus qu'un avis de classement. Les faits étaient prescrits.

Porter plainte n'avait servi à rien. À ce moment seulement, j'en ai voulu à ceux qui n'avaient pas agi autrefois. Mettre de côté ce prêtre n'avait pas suffi. Il aurait fallu que la police l'arrête après ses premiers crimes. J'ai téléphoné à l'évêque de Verdun pour l'informer de la décision du procureur. Je n'ai rien laissé paraître de ma colère ni de ma tristesse. J'étais tétanisé, mais je me forçai à être aimable. Il me dit qu'il allait écrire à la Congrégation pour la Doctrine de la foi, en charge au Vatican de l'instruction de ces dossiers. Il revient aux évêques seuls de mettre en route cette procédure.

Le procureur avait malgré tout ajouté une note à la fin de son courrier. Il peut arriver que des faits soient juridiquement établis, mais qu'ils ne puissent être poursuivis en raison de la prescription. Cette précision me fut d'un grand secours.

Moins d'une heure après, j'écrivis à un ami prêtre du diocèse dont je pensais bien qu'il savait quelque chose. Vers mes dix-huit ans, je lui avais demandé des nouvelles de N*. J'avais alors sans doute espéré qu'il me réponde en me faisant part au moins de soupçons ou de rumeurs. J'ai le sentiment qu'alors j'aurais pu parler. N'apprenant que son lieu de résidence, je ne m'étais pas risqué davantage. J'étais passé à autre chose. Trente ans plus tard, je ne craignis plus de demander. Cet ami me répondit aussitôt.

Ses premiers mots me suffirent : « Lorsque j'étais à Verdun, on disait que N* avait été placé au secrétariat de l'évêché pour "être éloigné des enfants". »

J'avais donc perçu juste. Depuis que mon histoire m'était revenue, je m'inquiétais de ma capacité à sentir et à comprendre ce qui m'était arrivé enfant, ce qui m'arrivait désormais. Je craignais de perdre pied faute d'être enraciné dans la réalité. Cela fut pour moi essentiel d'être assuré de ma perception. Oui, j'avais bien vu que ce prêtre avait été écarté.

Pourquoi, la veille de ce courrier, avait surgi un souvenir précis dans un rêve ? C'était la première fois que mon agresseur apparaissait. Ce n'était pas un cauchemar, plutôt une réminiscence, le retour d'une scène.

À l'époque des agressions, mon père et moi, nous nous rendions parfois le dimanche après-midi au presbytère de la cathédrale. Mon père avait été hospitalisé en même temps qu'un des prêtres, et ils avaient lié une belle amitié.

Cette nuit-là, je me suis souvenu que l'abbé N* partageait avec lui ce presbytère. Ce qui m'est revenu, c'est qu'à notre arrivée cet abbé fuyait. J'ai senti dans mon rêve la gêne, intacte, que j'avais éprouvée, enfant. Pourquoi l'homme qui se serrait contre moi le matin m'évitait-il le soir même ? Ce malaise m'habitait encore au réveil. J'ai reconnu cette sensation unique, le froid métallique qui me glaçait alors. Le matin, un piège se refermait sur moi, mais le soir le mensonge apparaissait. Cette fuite qui m'étonnait me dévoile ceci aujourd'hui : l'enfant avait perçu l'agression que l'instant de l'emprise lui dérobait.

Depuis le courriel de cet ami, les choses ont changé. L'assurance d'avoir bel et bien été victime m'est venue, comme celle que ma plainte était crédible.

Ma rage. Il s'en faudrait de peu que je n'en parle pas. J'en ai honte, parce qu'elle me lacère et me déporte loin de l'homme pacifié que je voudrais être. Elle est là, comme une lave en fusion. Ses éruptions me font souffrir.

Je m'emporte dans des situations qui se ressemblent toutes. C'est même comme cela que j'ai fini par décrypter mon déni. Je ne supporte pas que quelqu'un commette une injustice depuis une position d'autorité. Entendre nier un abus m'est plus insupportable encore. La rage explose quand la voix des victimes n'est pas reconnue, une fois de plus. Je suffoque, au sens propre. Ma respiration s'obstrue. Une main sur la bouche m'empêche de parler. La rage m'oppresse parce que je vois l'ombre du dominateur à l'œuvre.

Dernier exemple en date ? C'est presque dérisoire. Un collègue professeur s'en était pris verbalement à un employé parce qu'il y avait une erreur sur l'heure de réservation d'une salle. Celui-ci n'y était pour rien. Le reproche m'a mis hors de moi. La réalité s'aligne dans mon esprit alors sur un seul plan, ma raison s'emballe : un petit se fait dévorer par un grand que rien n'arrête. La raison du plus fort est toujours la meilleure…

Ces situations se répètent. Ou plutôt je n'y vois que des répétitions. Mes colères les ont souvent envenimées. Elles m'ont conduit à être injuste moi-même. Il m'est sans doute arrivé de surestimer le dommage, victime d'un effet de loupe. Je me débats comme si c'était moi qu'on enchaînait. La bienveillance peine toujours à désamorcer ces colères. Cela me navre.

Lutter contre l'emportement ne serait rien s'il ne fallait aussi me battre en même temps contre ce qui me plonge dans le mutisme. Sidéré par l'injustice, je me retrouve encore souvent incapable de ne rien dire. La surdité face aux cas de pédophilie dans l'Église me met en rage. Son silence enfonce les victimes dans l'impossibilité de parler, dans leur honte et leurs douleurs. De sérieux efforts ont été faits, mais la morgue et l'absence d'empathie de certains me tuent. L'attention aux affligés leur manque. Il n'y a rien qui ne me soit plus insupportable. Le respect des procédures canoniques ne suffit pas. Il faut encore avoir senti le goût amer de ces crimes et en porter la honte qui pèse tant aux victimes. Détourner la rage sans perdre la détermination à parler.

Je fus consterné de n'avoir pas su parler pendant de si nombreuses années. Professeur de lettres puis de théologie, prédicateur, j'avais écrit plusieurs livres. J'étudiais comment les *Exercices spirituels* d'Ignace de Loyola suscitent encore aujourd'hui une parole libre. Et moi, je m'étais tu. Étais-je à ce point passé à côté de ma vie ? Je m'étais trompé moi-même. N'avais-je été qu'un imposteur ? Cette pensée m'a tenté. Je fus pris de vertige devant mon aveuglement. Ma longue formation reçue à écouter, à parler, à accompagner n'avait donc servi à rien.

Dans l'enfance, j'avais souvent le soir feuilleté le dictionnaire. Je découvrais le trésor qu'il renfermait. La lecture n'avait-elle été que la recherche vaine des mots que j'avais été incapable de dire ? Un ver dans le fruit gâtait mon amour des lettres, mon désir d'entendre et de donner la parole. La reconnaissance de ce qui m'était arrivé avait été d'abord une libération. Ce fut ensuite un acide corrosif.

Combien d'horizons pourtant m'avaient ouverts mes lectures, jusqu'à décider en partie de ma vie ? N'était-ce pas pour avoir parcouru les Écritures que j'avais choisi d'en partager la saveur et la puissance libératrice ? J'eus l'impression que je m'étais distrait dans la parole des autres au lieu de chercher à délivrer la mienne. Je m'étais fourvoyé. D'un coup, la littérature n'était plus que le bruit de ce que j'avais été incapable de dire. Avais-je seulement cherché mes mots chez les écrivains alors qu'il m'aurait fallu d'abord ouvrir la bouche ? Ce qui m'avait porté avec passion vers les lettres et avec rigueur vers l'étude, tout cela, subitement, était suspendu dans le vide. Les livres de ma bibliothèque n'étaient plus que des cendres. À la douleur de me savoir victime s'ajoutait celle de voir mes appuis se dissoudre. Je manquais de vaciller.

À la même époque, des circonstances professionnelles me firent revisiter mon parcours universitaire. Un collègue rapprocha mon premier mémoire sur les *Fables* de La Fontaine, rédigé il y a trente ans, de mes études actuelles consacrées à la conversation spirituelle. Tous deux, disait-il, étaient des occasions offertes à des sujets de prendre la parole. J'en fus saisi.

Je savais mon goût pour les *Fables* venir de l'enfance. J'avais découvert La Fontaine vers l'âge de sept ans grâce à un disque que j'aimais me repasser.

Un lièvre en son gîte songeait
(Car que faire en un gîte à moins que l'on ne songe ?)

J'étais entré alors dans l'univers musical du poème. Quelques syllabes avaient suffi à m'envelopper de leur halo. J'en avais fait ma tanière. Protégé par mon environnement familial, je vivais de bonne humeur, dans la gaieté du fabuliste. Je reléguais aux ogres des contes le monstre tapi dans mon dos. Je me risquais dehors, heureux des rencontres. Comme le lièvre de la fable, j'avais vaincu la peur.

Il n'est, je le vois bien, si poltron sur la terre
Qui ne puisse trouver un plus poltron que soi.

Mais je venais de reconnaître le monstre et je ne pouvais plus me réfugier dans aucun poème. Mon collègue, pendant qu'il parlait de mes travaux, ignorait que se télescopaient les *Fables* qui m'avaient fait naître à la culture littéraire et ce silence qui m'avait tant pesé. Je faillis chanceler quand je l'entendis dire que les *Fables* manifestent la précarité de la parole. C'est en vain que l'on prie, avait-il ajouté. L'évocation de la mélancolie de La Fontaine m'acculait. Non !

Cette précarité avait forgé en moi l'oreille et la voix. Ce n'était pas en pure perte. La fable m'avait promis la parole.

« Et pourtant, vous êtes prêtre aujourd'hui. Comment est-ce possible ? » m'avait demandé en aparté l'inspecteur de police. La réponse était venue, directe : « Je crois en Dieu. » Je me surpris à dire cela avec évidence. Le chambardement de ces dernières années m'a permis de revenir sur cette réponse. Pourquoi avais-je choisi d'être prêtre ? Fallait-il le rester aujourd'hui ? J'étais heureux dans ma vocation, mais poussé à me poser la question. Je voulais faire la vérité sur mes décisions. Ce furent des labours profonds.

J'ignore ce qui en premier a éveillé cet attrait dans mon enfance. On m'a rapporté avoir déclaré très tôt que je voulais être prêtre. Je m'en souviens : c'était là. J'ai le sentiment d'avoir été devancé par ce désir. Je l'ai apprivoisé, non sans peine. Plus tard, quand les choix commencent à prendre forme, il m'a semblé que je pouvais aider mes camarades de lycée en les écoutant. Je m'étonnais de la résonance entre ce qu'ils me racontaient de leur vie, déjà pour certains bien douloureuse, et des situations que je rencontrais dans des pages de l'Évangile que je lisais alors. Pas de miracles, pas de pains multipliés, mais des issues se trouvaient là où tout paraissait clos. Ceux qui s'effondraient dans leur culpabilité ou sous le poids de l'accusation des autres, ce Jésus de Nazareth les libérait sans chercher à les embarquer. Libre face aux autorités de son temps, il dénonçait l'hypocrisie religieuse et prenait la défense de ceux que l'on force à se taire. Il finit par être condamné à mort injustement. Comment n'aurais-je pas été séduit ?

Je n'y voyais certes pas un Dieu, mais un sage dont on pouvait dire qu'il était saint. J'étais peu enclin à croire en un Dieu tout-puissant. Les œuvres des programmes de lycée nourrissaient ma méfiance : l'ironie candide du meilleur des mondes comme la sagesse des stoïciens répondaient en partie à mes interrogations d'adolescent. Camus me bouleversait. Le « saint sans Dieu » de *La Peste* me semblait être le point auquel le christianisme me conduisait. Le credo du docteur Rieux me rejoignait. « Je n'ai pas de goût, je crois, pour l'héroïsme et la sainteté. Ce qui m'intéresse, c'est d'être un homme. » J'aurais pu faire mienne cette confession.

Mais je fus saisi par les entrailles du Dieu qu'Abraham découvre au buisson ardent. « J'ai vu la misère de mon peuple, et je l'ai entendu crier sous les coups des chefs de corvée. » Cette phrase ne résout rien, mais elle m'a bouleversé. Elle m'a retourné vers Dieu et me l'a fait découvrir autre que je l'imaginais. Dieu se laissait ébranler, et n'habitait pas un Olympe en surplomb de notre terre. Avec toutes les allures d'une mythologie que l'on peut donner à l'histoire de son fils, il lui arrivait une fin qu'on aurait aimé différente. Qu'un père qui fût Dieu pût lui venir en secours. Pourtant, pas de coup d'éclat : le fils mourait sur une croix. La vie de tous passe par la mort. Parce que le christianisme se tient là, cela le sauvait à mes yeux. Je pouvais dès lors en apprendre comment habiter mon humanité, en gardant l'espoir que la mort n'aurait pas raison de tout. Les premiers livres de théologie qu'on me prêtait – il en est de bons – m'encourageaient à poursuivre. On en était à un moment où l'Église ne parlait pas d'abord de frontières entre croyants et non-croyants. La vie de tous était son souci.

Être prêtre m'était apparu, après bien des hésitations, la voie à prendre. Je nourrissais pourtant d'autres projets. Je me voyais bien devenir professeur dans un collège ou un lycée. Je tombai amoureux. Je m'imaginais mal obéir à un supérieur religieux ou à un évêque. Ce furent des années d'oscillation. Le bac en poche, l'entrée en classes préparatoires me remit devant mes aspirations fondamentales. Oui, je désirais enseigner, et un travail de recherches universitaires serait possible, mais je ne pouvais pas renier cet attachement premier à Dieu. Il agissait comme une force d'aimantation éprouvée depuis l'enfance.

Ce n'était pourtant pas grand-chose, à peine une lueur, la lampe rouge du tabernacle. J'avais bien compris, enfant, qu'elle n'était qu'une mise en scène, une ampoule, pas même une flamme. Mais elle faisait signe. Elle m'apparaissait reliée, véritablement pour le coup, à l'origine du monde, non pas à une idée sans visage, mais au Nom que mes parents m'avaient discrètement appris à prononcer le soir au coucher. Si peu. Des années plus tard, un verset m'avait confirmé dans cette parcimonie vaillante. « Il n'éteint pas la mèche qui faiblit. » Cela m'a suffi alors pour tenir dans la foi.

M'étais-je, sans le savoir, demandé : « Mais où était-il ton Dieu quand tu fus agressé ? » Je ne sais pas répondre à cette question. Je n'ai pas cru que Dieu nous mettait à l'abri de la violence, et j'en ai trouvé confirmation dans le sort de son fils. Mais il écoute, et c'est ainsi qu'il sauve. Job suppliait ses amis, toujours prompts à le catéchiser sans l'entendre : « Écoutez, écoutez mes paroles, et vous me consolerez. » Les consolations qui cherchent seulement à raisonner la souffrance sont illusoires. Nous sommes mis à l'épreuve de l'inaction de Dieu. Je crois qu'elle est la face obscure de son attention.

Je ne me suis pas dit que le mal que j'avais subi n'aurait pas dû avoir lieu en Église. J'ai compris, dès l'adolescence, qu'elle n'est exempte d'aucun des maux que perpètre l'humanité. Ses crimes mettent à nu la seule question qui vaille : comment me situer, un parmi les autres, face à la violence que je découvre à l'œuvre dans l'humanité, en moi, et, *a fortiori*, en celles et ceux qui profèrent une éthique de l'amour du prochain ? Tant que l'Église catholique – pour ne parler que d'elle – croira être affranchie du mal, elle fera fausse route. En tant que croyants, nous sommes appelés à reconnaître que le mal œuvre en elle, comme en tout groupe humain et en chacun de nous. Il n'est que trop clair que la conscience de chacun est divisée. Manifeste dans le mal choisi délibérément, la division apparaît déjà quand notre jugement se replie dans l'ombre et pense que son irrésolution à choisir le bien pourra passer inaperçue. L'unique espérance est que le mal ne scelle pas la condamnation définitive de l'entière humanité. C'est de cela, je crois, que témoigne Dieu dans la foi des chrétiens. Il ne nous enferme pas dans un jugement de condamnation, mais il lance un appel à écarter ce qui nous empêche de vivre. Nous en sommes remis à notre responsabilité. « Vas-tu laisser la bête tapie à ta porte te dominer ? » comme se l'entendait dire Caïn après avoir tué son jeune frère, Abel. La conscience porte en elle cette voix.

La pédocriminalité est au sein de l'Église un scandale, en plus d'être un crime. Elle fait tomber les plus petits, et certains ne s'en remettent jamais. Tout doit être fait pour qu'elle n'ait pas lieu. Nous réapprendrons ainsi que, chrétiens, nous partageons le sort de l'humanité déchirée par la violence. Nous vivons les mêmes combats et aspirons tous à la paix.

Je n'ai pas de mal à saisir qu'on puisse ne pas vouloir de cette foi. Tout semble démentir une telle promesse. Mais je n'ai pas pu renoncer à cette espérance, pour l'avoir vue scintiller déjà. Je demande seulement de ne pas oublier la proximité de l'ombre et de la lumière.

Guérir prend le temps de la vie. J'apprends à ne rien précipiter de ce qui un jour peut éclore. Ma patience est pourtant peineuse. Je me sens bien impuissant à pardonner. Je ne dis pas « incapable » ou « ne le désirant pas ». Je dis « impuissant ».

Les abus tuent. Ils détruisent à petit feu. Je n'ai pas le pouvoir de recréer en moi ce qui a été ruiné. Je peux vivre. Cela n'a pas de prix. Y a-t-il plus grande joie ? Je vis, mais c'est avec des blessures. Celles-là m'ont fait comprendre que la mort avait fait son œuvre en moi. Elle le fait en chacun de nous. Mais cette mort-là est criminelle. Je peux vivre avec des cicatrices, mais je n'ai pas le pouvoir de recréer ce qui a été détruit.

Mon pardon seul ne pourra suffire. Il faut retrouver la promesse originelle : chacun de vous pourra vivre et aimer. Le pardon touche à la création. Je ne dispose pas de ce pouvoir.

Je le demande à Dieu dont j'espère qu'il lui pardonne. J'ignore comment cela se fera. Je l'espère.

Mais voilà, il m'arrive de croiser des hommes gris, aux pantalons mal fagotés, le visage bouffi, des petites lunettes cerclées, l'air hagard. Cette allure a longtemps déchaîné en moi de la haine. Évidemment, elle ne se portait pas sur ces inconnus. Elle ne savait pas où se poser ; elle se répandait en moi, s'accumulait dans la bile jusqu'à sortir, hors de propos, toujours malvenue. La ressemblance avec mon agresseur m'est apparue récemment. Je peux désarmer cette haine, car je sais d'où elle vient, et je ne veux pas la laisser aller. Elle m'a trop longtemps épuisé dans ses errements. Pour vivre, il faut écarter de soi le désir de détruire.

Je n'ose imaginer que cet homme, dans sa cinquantaine au moment des faits, et approchant aujourd'hui de ses quatre-vingt-dix ans, ait passé le reste de sa vie avec ses crimes sur la conscience. J'aimerais qu'il lui fût permis de découvrir sa faute. Je suis entré dans le temps où j'ai pu espérer entendre ses regrets.

Un enfant dirait : je ne veux pas que cet homme aille en enfer. Dieu l'en garde. « À qui vous remettrez ses péchés, ils seront remis ; à qui vous les maintiendrez, ils seront maintenus. »

J'ai perçu que j'attendais que ce pardon me fût demandé pour l'accorder. À cet instant, je fus libéré de ce qui en moi résistait encore. Je ne pouvais plus nier ma blessure, mais il ne me fallait pas y coller. Je fus alors délié de mon agresseur avec le vif désir qu'il eût soif de cette grâce.

Grâce à ma psychologue, j'ai résisté à la tentation de croire que toute ma vie découlait d'une agression et rien de mes choix. J'ai parcouru avec elle patiemment le dessein de mon existence. Il s'en est fallu de peu que m'envahisse le désespoir et qu'il m'emporte dans l'une de ces noires issues.

Je me sentais autorisé à reconsidérer mes décisions, à les prendre avec cette liberté qui s'était renouvelée. Je crois avoir reçu la force de les confirmer, dans le désir de vivre ma vie telle qu'elle est, sans l'amertume de la résignation, mais avec la paix qui accepte les situations.

Et je fus, enfin, fier de l'enfant, de l'adolescent et du jeune adulte que j'avais été. J'avais fait des choix qui m'avaient permis d'aller de l'avant. Ce n'est pas évaluer une réussite, juger de soi. Je me réjouis et je goûte ce qui a été salutaire.

J'ai résisté à la peur en osant autoriser mes désirs pour sortir à la rencontre des autres. Rien d'extraordinaire, si ce n'est franchir le barrage qu'érigent les agressions sexuelles. La honte, une image de soi abîmée que l'on tient à tout prix à cacher. Je me suis fié à ce que d'autres percevaient en moi. Je ne finis pas de m'en étonner. Sans eux, je n'y aurais sans doute pas cru. Les professeurs au collège, au lycée, dans l'enseignement supérieur, des amis, des prêtres. J'eus le bonheur de rencontrer des maîtres dans mes études littéraires et musicales.

J'avais douze ans quand j'entendis pour la première fois une soprano à quelques mètres de moi. Sa voix résonnait d'un cri que ses vocalises métamorphosaient en allégresse. De ce jour-là, j'ai voulu chanter. Je m'exerçais sans risque à la maison et dans la chorale du collège. Plus tard, vers vingt ans, je fis la rencontre d'un professeur réputé. Il me proposa de travailler avec lui, alors que je ne m'y attendais pas. Il m'a appris les exigences du style et son bonheur. J'entrai ensuite au conservatoire où je reçus les plus belles leçons d'une grande dame. Ma voix me livrait aux autres avec joie. J'ignore ce que ces maîtres ont entendu qui méritait de tels encouragements.

Je ne suis pas seul. Croire en mon désir, apprendre à le laisser parler, à risquer de le présenter à ceux avec qui le vivre. C'est cela peut-être qui m'a sauvé. Parce que le désir est, pour ainsi dire, comme Dieu. Il ne se laisse jamais saisir. Comme Lui aussi, il donne la vie. Dans les exercices de saint Ignace, où se déjouent les pièges de la volonté instantanée, j'apprends à parler la langue de mon désir pour l'adresser à l'Absolu, Celui que rien ne lie. Et alors, comme au chaos primordial que la Parole dispose en cosmos, mon désir remis à Dieu me donne naissance dans le monde tel qu'il va.

L'enfant a été courageux. Je n'ai pas cru bon d'emmurer mon désir. « Vous avez choisi ce qui vous sauve », m'a dit un jour ma psychologue. Je ne me suis pas sauvé, ai-je répondu. J'aurais pu m'enfuir. Je n'ai pas esquivé. Le déni m'avait donné rendez-vous à plus tard pour le rompre. Je ne me suis pas sauvé, parce qu'un autre me sauve.

Lui, aussi, a pris soin de moi.

Me permettrez-vous, un instant encore, de vous parler de Lui ? C'est une Ombre bienfaisante qui guide, surtout quand tombe la nuit ou que le trouble s'empare de la chair et de l'esprit. Elle diffuse une lumière qu'il faut apprendre à distinguer. Notre pâte humaine lui sert de mince faisceau.

Parce que Adam et Ève eurent honte d'avoir péché, Dieu leur cousit un pagne. Ce Dieu-là me touche. Je porte un vêtement comme tout le monde, passe-partout. Il m'abrite de la honte d'avoir été abusé. Cette honte troue la peau, mais Dieu m'a revêtu de plus large qu'un pagne, d'un manteau, grâce auquel je suis sorti de ma peur. J'ai eu envie d'aider d'autres à choisir l'habit qui leur était tendu. Car Dieu a vu que nous ne pouvions pas tenir dans cet état. Il a ouvert un atelier pour lequel il a fait appel à des créateurs, des couturiers, des modèles, des petites mains... Et la mode est variée, renouvelée pour chacun. On en reconnaît à peine le style divin tant il épouse nos corps humains et nos désirs.

Le Caravage montre un soldat qui couvre Jésus d'une tunique au moment où Pilate le présente. *Ecce homo*. Le manteau voile le corps outragé. Il protège. Il épargne au regard des autres la vue de ses blessures. Le Caravage peint le corps de Dieu dans la chair de l'humanité violente. La tradition fait de ce manteau de pourpre royale une pièce unique, d'un seul tenant, sans couture. Il est l'exception.

On a pris soin de moi comme, après la pluie, tombe sur les épaules un manteau doré de soleil. À de rares occasions, je l'entrouvre et le dépose pour laisser la lumière me caresser.

Mais il s'en faut toujours de peu pour que revienne la honte d'avoir été souillé. Séparer de moi la honte, inutile, vaine, fausse : elle n'est pas à moi. Ce n'est pas moi qui suis coupable. J'entends les abîmes de ma surdité, la peine à croire que j'ai été sauvé. Non pas refus, mais lenteur. Car toujours revient le bruit de la peur.

Faire silence et se tenir sans défense. Quel doux havre ! Le lieu où reposer. Sans manteau, sans être démantelé.

J'allais mieux. La réponse à mes questions était venue non du procureur, mais de cet ami prêtre. Je pouvais me faire confiance. J'avais senti juste. J'apprenais à déchiffrer autrement certaines de mes perceptions. Je découvrais l'effet grossissant de mes peurs. Les douleurs du corps avaient cessé. Il me restait un tempérament inquiet, les risques d'inflammation liés à mes tissus abîmés. C'est aussi simplement la vie à cinquante ans…

Je fus encore ébranlé par une conversation avec un ami. Il était au courant de ce qui m'était advenu. Je ne me souviens plus comment nos propos en sont arrivés là.

– Mais, tu sais, je t'aime, Patrick.

– Moi aussi, vraiment, je t'aime bien.

Cet ami me reprit, contrairement à ses habitudes qui laissent plutôt aller l'échange comme il vient.

– Je n'ai pas dit « je t'aime bien », mais « je t'aime ».

Je n'y ai pas entendu une déclaration d'amour, un « je suis amoureux », mais une relation qui osait dire son nom. Ces propos me retournèrent. J'ai senti ce fond de peur qui me retenait toujours de croire que l'amour que j'éprouvais pour lui, pour d'autres, hommes, femmes, pouvait être réciproque. Je craignais qu'aimer fût s'emparer de l'autre, mais cette terreur ne m'apparut qu'alors, en disparaissant. Elle m'avait empêché d'aimer sans que je m'en aperçoive.

Pour la première fois, j'étais attentif à la densité de l'amour. Je percevais ce lien si particulier qui attache l'un à l'autre et ne se confond ni avec l'estime ni avec l'affection. Ma peur d'aimer avait été telle que j'avais préféré ne pas croire être aimé. Je savais que je l'avais été, mais je ne pouvais y croire. Une fois de plus était mis à nu le soupçon obscur qui pèse au plus intime. Cette fois, je croyais celui qui me disait m'aimer.

J'ai aussitôt mesuré la perversité de l'abus. Il m'avait fait croire que l'amour n'était pas désirable, qu'il fallait m'en protéger. Toute parole présageait une trahison. Si l'amour est en vérité tendu entre recevoir l'autre jusque dans sa chair et vouloir nous emparer de lui, l'abus fait craindre que toute relation ne puisse finir qu'en crime.

En termes rigoureux, il est écrit : « Nous avons reconnu l'amour que Dieu a pour nous et nous y avons cru. » La foi touche à ce qui en chacun demeure vulnérable : croire que l'amour est le lieu où se tenir pour l'éternité alors même qu'il expose à tout instant. Le scandale des prêtres pédophiles heurte de plein fouet la foi chrétienne, en ce qu'elle a de prometteur et d'incertain, là où la confiance est requise.

J'ai choisi d'être célibataire, sans aucun doute par désir de m'attacher à Dieu. Je peux le dire. Je ne prétendrai pas, après coup, qu'il ne s'était pas mêlé quelques peurs. J'accepte cela. Je l'ai compris un jour où me manipulait mon ostéopathe. Cela fait près de vingt ans qu'il me soigne. La force de ses contacts, brefs, chastes, m'a fait sentir que je n'aurais pas supporté qu'on me touche. Je l'ai laissé faire.

Prétendre que la vie de l'homme qui choisit le célibat religieux est sans combat et sans leurre ne mène à rien. Ce que les anciens moines des déserts d'Égypte voyaient comme batailles ne permet pas de diaboliser la sexualité. Ils n'en minimisaient ni la violence ni les attraits. Saint Antoine dans son ermitage aride nommait démons les forces qui nous traversent. Invisibles, ces pulsions témoignent du chaos dont la vie est tirée. Même impérieuses, elles instruisent pourtant à se conduire soi-même. Elles s'écoutent et se travaillent, mais ne peuvent être niées. Elles sont le rythme, à la vie à la mort, d'où surgit l'existence. Cette oscillation scande les jours et les nuits. Le célibat peut en accroître la résonance. Un célibataire sans ces mouvements de la chair et du sang serait inquiétant. Mon corps est attiré par celui des autres, car le corps est toujours plus que ce que j'en vois. Puissant appel. Je peux aussi réduire l'autre à n'être qu'une chose. J'ai voulu, avec mes blessures et mes désirs, cette vie de solitude, dans une communauté, et je l'ai choisie de nouveau, dans la joie qu'elle m'offre d'aimer et d'être aimé. J'accepte la solitude, qui peut peser de son poids. J'ai appris à reconnaître qu'elle avait été aussi un refuge. Si elle me replie sur moi, elle ne témoigne pas de ce à quoi j'aspire : marquer une préférence pour celui qu'on ne saisit pas. Cela m'a été suggéré par une frêle lueur qui ne s'est pas éteinte. Je crois.

On a trop oublié que la religion est affaire d'âme et de corps. Si je ne cherchais Dieu qu'avec mon âme, j'aurais l'impression d'en vouloir connaître seulement une image, une idée. Il me faut quelques gestes, le silence d'une nef, la douceur d'une crypte, le soleil radieux, le cœur amoureux. Les mains tendues aident l'âme à s'enraciner dans sa quête. Le Dieu qui vient à nous est de chair et de souffle. Le chercher n'exile pas le religieux loin de son corps et des rencontres. Le célibat fait patienter.

Un matin, l'évêque de Verdun m'a téléphoné. Rome l'autorisait à ouvrir une enquête canonique. Je me réjouissais que mon histoire ne reste pas une affaire privée. Elle concerne un diocèse, d'autres personnes, des prêtres en poste à l'époque, au courant d'autres affaires, des témoins et sans doute d'autres victimes. Cette nouvelle démarche ne m'apparut pas comme une manière d'échapper à la prescription civile par une sorte de privilège ecclésial. Le droit canonique dispose également de prescriptions mais des enquêtes préliminaires restent toujours possibles. Je pensais que se donnait ainsi l'occasion à un diocèse de faire la lumière sur des abus qui avaient été commis en son sein. Si la culpabilité relève de l'agresseur seul, la responsabilité, elle, est ecclésiale.

Un malaise pourtant me saisit aussitôt, non seulement de devoir à nouveau témoigner mais aussi face à la procédure. L'Église se faisait juge et partie : l'enquête serait menée par le diocèse où les faits avaient eu lieu et par des prêtres alors en activité. Il reviendrait ensuite à l'évêque seul de constituer le dossier. Pourquoi ne pas confier à d'autres l'instruction, à des hommes et des femmes plus à distance ? Et puis l'enquête se concentrerait une fois de plus sur l'agresseur sans vraiment qu'on s'interroge sur ce qui avait été entrepris par le diocèse envers un prêtre dont n'étaient pas ignorés les crimes. Le droit interne à l'Église doit encore évoluer. En outre, le clergé et les fidèles gagneraient à revisiter le passé sous cet angle : comment avons-nous porté ces soupçons, nourri des rumeurs, fait taire des témoins, occulté des affaires et dénoncé d'autres prêtres agresseurs ? Maintenant que l'Église commence à affronter ces abus, chacun pourrait mieux se situer.

Au moins, avec cette nouvelle étape, je n'avais porté plainte ni en vain ni pour moi seul. D'autres allaient parler et se parler, pensais-je. Mais quel mélange des genres ! Les deux prêtres venus m'interroger m'ont raconté ce qu'ils savaient de cet abbé il y a quarante ans. Ils m'ont, en toute bonne foi, fait part de leur gêne scandalisée. Cela montre combien des prêtres ne peuvent enquêter sur des affaires qui les touchent. Et puis les victimes n'ont pas besoin de ce genre de confession.

Pour comprendre la procédure ecclésiale, il m'a fallu me plonger dans le droit canonique. J'ai compris que l'enquête préliminaire n'était pas un procès, qu'il n'y aurait ni jugement ni sentence. L'évêque a envoyé son rapport à Rome, et il lui revenait de décider d'une mesure de type administratif. Ce prêtre ne pourrait plus célébrer de sacrements, m'apprit-il par un nouvel échange au téléphone. Cela pourra sembler dérisoire à certains, excessif à d'autres. La sanction fait sens cependant dans un univers où l'état clérical passe encore parfois pour intouchable.

Rebondissement : une commission rogatoire a été ouverte dans le département de la Meuse. D'autres victimes ont été identifiées. J'espère que, face à l'irréparable, l'Église pourra répondre. Il ne suffit pas de libérer la parole et d'ouvrir des cellules d'écoute. Il faut panser la blessure en reconnaissant les responsabilités ecclésiales.

Pour moi, je sais pouvoir dire ce qui m'est arrivé et croire que le raconter est possible. D'un enfant, la parole peut s'engendrer.

Je comprends en relisant ces pages que la tentation de cette éprouvante guérison aura été de négliger l'amour et la joie qui me furent donnés avant.

Le déni m'a protégé en enveloppant d'oubli ce que je n'aurais sans aucun doute pas eu la force de porter. Le mal est venu frapper à ma porte à un moment où j'ai pu résister. À l'enfance, ma psyché et mon corps ont réagi. Ma famille m'a offert le lieu d'un retrait où j'ai pu grandir et dont j'ai pu m'extraire.

À plus de quarante-cinq ans, j'ai été emporté dans un éboulement de terrain. Il m'a fallu passer ma vie au scanner pour rechercher les survivants. J'y ai identifié des cadavres. Mais le pire aurait été de croire que ce que j'avais vécu auparavant n'avait été qu'une illusion, qu'une blessure recouverte.

Je ne peux renier la joie. Mes amis ne me reconnaîtraient pas s'ils ne lisaient ce qui soutient le chant, les études, le goût d'enseigner, ma vie de jésuite, et l'amour de ceux que je rencontre et que j'espère quelque peu servir.

Je ne peux effacer non plus la joie paradoxale du moment où les deux syllabes du déni ont articulé dans mon dos la longue histoire de mon oubli. Ce bruit de mes vertèbres, familier et lancinant, est devenu ma langue. La joie m'a saisi quand le nom de l'agresseur fut prononcé par un autre que moi : je n'avais pas déliré ; j'étais sauvé. Je vis enfin s'ouvrir une enquête. Mes mots donnaient la parole à d'autres qui avaient enfoui dans leur mémoire ce qui blesse l'espoir de faire corps ensemble.

J'ignorais que la joie puisse coûter un tel prix. Il n'y a vraiment que celle des naissances qui, à ce qu'on m'a dit, passe par les douleurs. Les résistances à dénoncer le mal commis pèsent sur elle comme une grande menace. J'espère pourtant ne plus me la laisser ravir. Ce sera un combat. Un enfant veillera.

Alors, je forme une prière :

Que notre oreille écoute la plainte,
Et nos yeux verront les corps qui se figent.
Déchiffrons les murmures ;
Risquons notre parole, précaire.
Des enfants se lèveront pour nous conduire.

Remerciements

À la gratitude exprimée à mes proches, s'ajoutent des remerciements à celles et ceux qui m'ont encouragé à publier ce livre : Marie-Charlotte Dalle, Patrick Autréaux, François Boëdec, et tout particulièrement Elsa Rosenberger, des éditions du Seuil. Sa bienveillante exigence m'a permis d'écrire ce que je désirais.

RÉALISATION : NORD COMPO À VILLENEUVE-D'ASCQ
IMPRESSION : PRÉSENCE GRAPHIQUE
DÉPÔT LÉGAL : OCTOBRE 2021. N° 147237-2
IMPRIMÉ EN FRANCE